THE MADMAN

# 狂い者

——その詩と譬《たと》え

カリール・ジブラン
佐久間 彪——訳

## カリール・ジブラン（KAHLIL GIBRAN）

| | |
|---|---|
| 1883年 | レバノンの山間部、ビシャリ（Bisharri）村に生まれる。 |
| 1895年 | 父親だけはレバノンに残り、母親、兄弟たちとともに渡米。ボストンに住む。 |
| 1898年 | アラビア語の高等教育を受けるために単身帰国。<br>15歳で“*The Prophet*”（「預言者」）の草稿をアラビア語で書く。その後、散文詩を発表したり、詩人たちの肖像画をかいたりする。 |
| 1903年 | 再び渡米。絵や文を発表。 |
| 1908年 | 渡欧。ウィリアム・ブレイクやフリードリッヒ・ニーチェの思想にふれる。<br>パリではロダン、ドビュッシー等と親しく交わる。 |
| 1910年 | ボストンにもどり、“*The Prophet*” を英語に書きなおす。<br>その後も何回も推敲を重ねる。 |
| 1918年 | 最初の英語による著作“*The Mad Man*”（邦訳「狂い者」）公刊。 |
| 1923年 | ついに英語で Alfred A. Knopf 社より “*The Prophet*” を出版。 |
| 1931年 | ニューヨークにて死す。48歳。<br>遺体は生まれ故郷のビシャリ村の修道院に葬られ、その近くにはジブラン記念博物館が建てられ、数多くの絵画作品や遺品などが展示されている。<br>詩人・哲学者・画家であったジブランの“*The Prophet*”は、邦訳・「預言者」を含め30数カ国語に訳され、現在もなお、世界の人びとに愛読されている。<br>“*The Mad Man*”（本著「狂い者」）ほか、“*Jesus the Son of Man*” など12冊の著書がある。 |

# 訳者まえがき

本書「狂《くる》い者《もの》」（原文*“The Madman”* 1918）は、カリール・ジブラン（KAHLIL GIBRAN 1883-1931）の、世に問うた最初の著作である。それは、後に著名となった、かの「預言者」（原文*“The Prophet”* 1923）の下地でもある。一部は母国語アラビア語で書いたものを自ら英訳し、一部は最初から英語で書いたと言われる。「預言者」のような円熟した静けさに比べて、本書には若さの激しさがそこここに見え、同時にジブランの魂の、生涯を貫く情熱と瞑想が読みとれる。

原文の独特なニュアンスを充分に訳せなかったかも知れないが、その意味は辛うじて、この拙訳でお伝え出来たか、と考える。
「預言者」の愛読者諸氏には、訳者の意図するところを汲みとっていただけると信じている。

二〇〇八年吉日

佐久間　彪《たけし》

狂い者――もくじ

本文中の絵は著者・ジブランによる

# 狂い者

THE MADMAN

何故《なぜ》私が狂《くる》い者《もの》になったかとお尋ねか。

こういうわけだ。一日《いちじつ》、まだ神々の生まれる前のこと、私は深い眠りから目覚《めざ》め、私の仮面が皆盗まれてしまっているのに気づいた。今まで私は、七つの仮面をかぶって、七通りの生き方を身につけていたのだった。私は仮面無《な》しで人混《ひとご》みの町を叫びながら走った。

「盗人《ぬすっと》だ、盗人だ、呪《のろ》ってやるぞ、盗人め。」

男も女も皆私のことを嗤《わら》い、ある者などは私を避けて家に逃げこんだ。

私が町の広場に着くと、若い男が屋上に立って叫んだ。「狂い者だ！」。私は彼を見ようと目を上げた。すると、陽《ひ》が私の素顔《すがお》に初めて直《じか》にさしこんだ。で、私の魂《たましい》は太陽への愛に燃え、もう仮面など要《い》らなくなった。そして、憑《つ》かれたように叫んだ。「まっこと、我が仮面を盗みし者に祝福あれ、祝福あれ！」と。こうして私は狂い者となったのだ。

そこで私は狂気のうちに、ふたつのこと、つまり自由と安全とを見つけたのだ。孤独の中での、自由と安全とを。何故なら、私たちを理解する者たちは、私たちの中の何かを奴隷《どれい》化するからだ。

しかし、この安全さを誇り過ぎないようにしよう。牢獄にいる盗人《ぬすびと》も、他の盗人からは安全なのだから。

# 神《ゴッド》

遠い昔のこと、最初の言葉の振動《ふるえ》が私の唇《くちびる》に来たとき、私は聖なる山に登《のぼ》り、神に語りかけて言った。「主よ、私はあなたの奴隷《どれい》です。あなたの秘《ひそ》かな御意思《ごいし》が私の掟《おきて》。私はこれから、何時《いつ》までもあなたに従います。」

しかし神は何も答えず、大いなる嵐のように離れ去って行った。

それから千年を経《へ》て、私は聖なる山に登り、再び神に語りかけて言った。「創《つく》り主《ぬし》よ、私はあなたの被造物です。あなたは私を土から造《つく》り出されました。私はあなたにお尽《つく》しいたします。」

が、神は答えず、翼《つばさ》を激しくうち震わせて去って行った。

そして千年を経て、私は聖なる山によじのぼり、神にまた呼びかけて言った。

「父よ、私はあなたの息子《むすこ》。あなたは慈しみと愛をもって私を産《う》んで下さった。私は愛と敬いをもってあなたの王国を受け嗣《つ》ぎます。」

しかし、神は何も答えず、遠く丘を包む霧のように去って行った。

そして、また千年を経て、私は聖なる山をよじのぼり、神に呼びかけて言った。

「我《わ》が神、我が目的、我が達成《たっせい》よ。私はあなたの昨日《きのう》で明日《あした》。私は、あなたの、地に張る根。あなたは天に咲く私の花。あなたと私は、同じ陽《ひ》ざしの中で共に育ちます。」

すると神は、私をその身で被《おお》い、優《やさ》しくささやきかけて私を抱きしめた。海が、自分に流れこむ川を抱き入れるように。

そこで私が谷間と平原に下《くだ》って行くと、神もまたそこにいるのだった。

# 我《わ》が友

我が友よ、私は、見かけ通《どお》りの者じゃない。見かけは私の衣《ころも》に過ぎない。――それも、良く織られた衣で、君《きみ》の様々《さまざま》な問いかけから私を守り、私のいい加減さから君を守るものなのだ。

私の内《うち》なる「私《わたし》」は、友よ、沈黙の家に住まい、そこから決して出ることなく、姿を見せず、近づかせもしない。

私の語ることは信じないで欲しい。私のすることも。――何故《なぜ》なら、私の言葉は君自身の思いを音にしたものでしかないし、私の行為は、君自身の期待の顕《あらわ》れでしかないのだから。

君が、「風が東から吹いている」と言えば、私は、「そうだ、東から吹いている」と言う。何故なら、私の精神が風にではなく海に住まっていることを、君に知って欲しくないからだ。

君は私の、海を渡る思想を理解出来ず、私も君を理解したいとは思わない。私は、海にひとりでいたいのだ。

君にとっての昼は、友よ、私にとっては夜。それでも私は丘陵《おかか》で踊る日盛《ひざか》りについて語る。また、谷間《たにま》の道をひそかに歩む陽《ひ》の影《かげ》についても。何故なら君は、私の暗黒の歌は聞けず、星に向かって羽ばたく私の翼《つばさ》を見ることも出来ないからだ。——それに私は、君に聞いても見てももらいたくない。私は、夜とふたりだけで過ごしていたいのだ。

君が天国へ昇るとき、私は地獄へ降りる。——君が、私たちを隔《へだ》てる淵《ふち》の向こうから私に呼びかけるとしよう。「僚友《とも》よ、同志よ」と。私も応《こた》える、「同志よ、僚友よ」と。——君に私の地獄を見せたくないから。きっと炎《ほのお》が君の目を焼き、煙《けむり》が君の鼻を詰《つ》まらせる。君が訪《たず》ねてくれるには、私は自分の地獄を愛し過ぎている。私は地獄にひとりでいたいのだ。

君は真と美と義を愛している。私も、君ゆえに言う。「それは良い」と。そして同じようにそれらのものを愛しもする。でも心《こころ》の中では君の愛を嗤《わら》っている。しかし、私が嗤っているのを君に見てもらいたくない。私はひとりで嗤っていたいのだ。

友よ。君は良い人だ。注意深く賢《かしこ》い。いや君は完璧《かんぺき》だ。で、私も、君とは注意深く賢く語る。だが僕は狂《くる》っている。でもその狂気を被《おお》い隠している。私はひとりで狂っていたいのだ。

友よ。君は私の友ではない。だが、どうやって君にわかってもらえよう。私の道は君の道ではない。でも私たちは一緒に歩く、手と手をとりあって。

# 案山子《かかし》

あるとき、私は案山子に言った。「疲れるだろうね。ひとりで畑に立ちっぱなしで」と。

案山子は言った。「鳥どもを追い払《はら》う楽しみは奥が深く、永久のものだ。疲れることはない。」

ちょっと考えてから私は言った。「そうだろう。私にも、そういう楽しみはあったよ。」

案山子は言った。「藁《わら》が詰《つ》まっている者だけがわかることなんだよ。」

私は彼と別れたが、お世辞を言われたのか、からかわれたのかわからなかった。

一年が経《た》ち、案山子は哲学者となっていた。が、私がまたそこを通りかかったときは、二羽の烏《からす》が、案山子の笠の下に巣をつくっていた。

# 夢遊病者たち

私が生まれた町に、ある女が自分の娘と住んでいた。ふたりは夢遊病者だった。ある夜《よ》、人が寝静《ねしず》まった頃、女と娘が、霧の中、庭を眠りながら歩いていて、ふと出遭《であ》った。

母親が言った。「やっと、やっと私の宿敵に会えた。おまえのおかげで私の若さは壊《こわ》され——おまえは私の廃墟《はいきょ》の上に自分の生涯を打ち建てたのだ！」

すると娘が言った。「ああ、何て憎たらしい女、自己中心の年寄り！ 今も私の目の前に立ちはだかってる！ あんたは私の生命《いのち》を、あんたのうすれていく命《いのち》の影《かげ》にしてしまう。あんたなんか死んでしまえばいいんだ！」

そのとき鶏《とり》が鳴いて、ふたりとも目が覚《さ》めた。母親は優《やさ》しく言った。「おや、おまえだったの？」すると娘も優しく応《こた》えて言った。「そうよ、お母《かあ》さま。」

# 賢《かしこ》い犬

ある日、一匹の賢い犬が猫の群《むれ》のそばを通りかかった。近づいてみると、猫たちは何かに夢中で、犬のことに気がつかない。犬は脚《あし》を止《と》めた。

すると群の中に、一匹、大きくて貫禄《かんろく》のある猫が立ち上がり、皆を見まわして言った。「仲間たち、もっと祈れ。祈って祈って、何も疑わずに祈りまくれば、天から鼠《ねずみ》の雨が降ってくる。間違いない。」

犬がこれを聞いて心の中で嗤《わら》い、背を向けて歩きながら言った。「何もわからぬ愚《おろ》かな猫ども。そんなこと、経典には書かれておらん。それに、この俺様《おれさま》も御《ご》先祖様《せんぞさま》も知らんわけがなかろう。祈りと信仰と願いがもたらす雨は、鼠じゃなくて骨《ほね》だということを。」

# ふたりの隠者《いんじゃ》

ある人里《ひとざと》離れた山の上に、隠者がふたり住んでいて、神を崇《あが》め、互いに愛し合っていた。

ところで、このふたりは、ひとつの土焼《どや》きの椀《わん》を共有していて、それだけがふたりの持ち物だった。

ある日、悪霊《あくりょう》が年配の方《ほう》の隠者に取《と》り憑《つ》いた。この隠者は若い方の所にやって来て言った。「一緒に暮らして長くなるが、別れるときが来た。ふたりの持ち物をわけようじゃないか。」

若い方の隠者は驚いて言った。「お別れになるなんて、兄弟よ、悲しいことです。でも、おいでになると言うなら、仕方ありません。」そこで土焼きの椀を持ってきて渡して言うには、「これはわけるわけにはいきません。兄弟よ、お持ちになって下さい。」

するど年配者が言った。「憐《あわ》れみは受けたくない。わしの分だけいただきたい。それをふたりでわけよう。」

若い方が言った。「この椀を割ったら、あなたにも私にも、何の役にも立ちません。もしおよろしければ、くじを引くことにいたしましょう。」

しかし、年配の隠者は再び言った。「正義じゃ。わしの分じゃ。わしは、正義とわしの分を、空虚なくじ運などに任《まか》せたくない。椀は割らねばならぬ。」

若い方の隠者は、もう言い争いたくなかったので言った。「そこまでおっしゃるなら、この椀を割ることにいたしましょう。」

すると、年配の隠者は烈火のように怒《いか》って叫《さけ》んだ。「呪《のろ》わしい臆病者め！　おまえは闘《たたか》おうとしない！」

# 「与えること」と「受けること」について

昔ある所に、山ほど針を持っている男がいた。とある日、イエスの母が彼の所へ来て言った。「すみません。息子の着物がほころびたので、神殿に行かせる前に、縫《ぬ》って直してやりたいのです。針を一本わけていただけませんか？」

男は針をくれなかった。そのかわりに、与えること、受けることについて、教えを垂《た》れた。彼女の息子が神殿に行かぬうちに、と。

# 私の中の七つの自分

夜の静けさのうち——私が半ばまどろんでいたとき——私の中の七つの自分が一緒に集まって呟《つぶや》きはじめた。

第一の自分。「私はこの狂人の中で、こうして長年住んでいるが、それも日々《ひび》彼の苦しみを新《あら》たにし、夜々《よよ》彼の悲しみを癒《いや》すためだけだ。こんな運命はもういやだ。御免蒙《こうむ》る。」

第二の自分。「兄弟、おまえのは俺《おれ》よりまだましだよ。俺のは、この狂人の、楽しむ自分、という運命なんだ。俺は、彼の笑いを笑い、幸せな時を歌い、思いつきが嬉しいときには、三重にも翼《はね》の生《は》えた靴で踊《おど》るんだぜ。こんな役目《やくめ》、御免なのは俺の方《ほう》だ。」

第三の自分。「じゃあ、愛に目のくらんだこの俺はどうなんだ。荒れた情熱と気まぐれな欲望の焼き尽《つ》くす炎《ほのお》。この狂人に物申《ものもう》すのは、恋患《こいわずら》いそのものの、この俺さ。」

第四《だいし》の自分。「君《きみ》たちの誰より、俺が一番惨《みじ》めさ。何故《なぜ》って、怨念《おんねん》に満ちた憎悪、破壊が望みの嫌悪、そればっかりなのだから。暴風もどきの自分、地獄の真っ暗な洞穴《ほらあな》に生まれた俺こそ、この気違いに仕えるのは、もう御免だ。」

五番目の自分。「とんでもない。考える俺、空想する俺こそ、飢渇《きかつ》に苦しむ自分なんだ。未知の、未《いま》だ創《つく》られざるものを追い求めてやまぬこの運命。御免蒙りたいのはこの俺さ。」

六番目の自分。「こんどは俺だ。俺は労働者だ。忍耐の手と憧れの目で日々を具象化し、かたちの無《な》いものに、新しく永久のかたちを与えていくという憐れむべき労働者――この休むことを知らぬ気違いに異議申し立てをするのは、この俺、孤独な俺さ。」

七番目の自分。「この気違いに文句を言うおまえらはどうかしてる。みんな、それぞれ、ちゃんとした使命を持っているじゃないか。ああ、俺も、定《き》まった運命の自分だったらよかったのに！　俺には何もない。おまえたちが、それぞれ何か建設的なことをしているあいだに、俺はだんまりの無為無策の自分だ。文句の言えるのは、お隣《とな》りさんのおまえたちか俺か、どっちだい？」

第七の自分がこう言うと、他の六つの自分は気の毒そうに黙りこみ、何も言えなくなった。夜が更《ふ》けるに従って、ひとりずつ眠りについた。新しい幸せな納得《なっとく》感に包まれて。

しかし、第七の自分は目覚めていて、万物の背後にある空《くう》なるものを見つめつづけているのだった。

# 戦争

ある夜、広場で祝祭が催《もよお》された。そこに、男がやって来て、殿様の前に平伏《ひれふ》した。祭りに来ていた者は皆、その男に注目した。見るとその男の片方の目が抉《えぐ》りとられていて、その眼窩《がんか》から血がしたたっていた。殿様は口をきいて言った。「いったい何事《なにごと》じゃ。」男が答えて言うには、「殿様、あっしは盗みが仕事でごぜえます。今夜は月も出ておりませんで、あっしは両替人《りょうがえにん》の店に盗みにへえりやした。窓によじのぼったんですが、間違《まちげ》えて機織《はたおり》の店にへえっちまい、真っ暗な中で機織職人の部屋へ飛びこんだもんで目を突いてしめえました。そんだもんで、殿様、お願《ねげ》えでごぜえます。あの機織職人に罰を下《くだ》してくだせえまし。」

殿様は人をやって機織職人を連れてこさせ、その目玉をくじり出すように命じた。機織職人は言った。「ああ殿様、御宣告はごもっともで、私の目玉が抜かれるのは正しいことでございます。しかし、まことに残念ながら、私には両目が必要なのでございます。機《はた》を織るとき、どうしても布の両端《りようはじ》を見なければならないので。しかし、私の隣りに住んでいる靴直《くつなお》しも、目はふたつ持っておりますが、商売柄、目はひとつで済《す》むと存じますが。」

そこで殿様は靴直しを呼んで来させた。そして靴直しの目玉がひとつ抉り出された。

こうして正義は全《まつと》うされたのである。

# きつね

一匹のきつねが、日の出に出来た己《おのれ》の影《かげ》を見て言ったものだ。「俺《おれ》、きょうの昼飯《ひるめし》はらくだにするぞ。」それで朝中《あさじゅう》らくだ探しをした。しかし昼になって、また己の影を見て——言うことには、「鼠《ねずみ》にしとこう。」

# 賢王《けんおう》

昔、遠いウィラニの国のある都《みやこ》に、権力もあり賢くもある王がいた。彼は、その力ゆえに恐れられ、その英知ゆえに愛されていた。

ところで、その町の中央に泉《いずみ》があり、その水は冷たく透明で、住民は皆それを飲み、王もその家臣もまたそれを飲んでいた。町には他《ほか》に泉がなかったのである。

ある夜、人々が寝静まったとき、魔女が都に入りこみ、怪《あや》しげな液体を七滴《ななてき》その泉に垂らして言った。「今から、この水を飲む者は気がふれるぞ。」

翌朝、住民は王と侍従長を除いて皆、この泉から飲み、魔女の言ったとおりに気がふれてしまった。

その日一日中《いちにちじゅう》、住民は皆せまい街路や市《いち》のたった広場で、口々《くちぐち》にささやき合っていた。「王様は気が狂《くる》われた。わしらの王様と侍従長殿が理性を失《うしな》われた。気の狂った王に君臨されるわけにはいかない。王を廃位しよう。」

その晩、王は黄金の杯をあの泉の水で満たすように命じた。それが運ばれてくると、王はたっぷりと飲み、侍従長にも飲ませた。

そこで、遠いウィラニの都は大きな喜びにわいた。というのも、そこの王と侍従長が正気《しょうき》にもどったからであった。

## 大望《たいもう》

男が三人、居酒屋で飲み餐《あ》っていた。ひとりは機織《はたおり》、ひとりは棺造《かんづく》り、ひとりは墓掘《はかほり》だった。

機織が言った。「わしは今日《きょう》、リンネルの死装束《しにしょうぞく》を金貨二枚で売ったよ。飲みたいだけ飲もうぜ。」

「わしは」と棺造りが言った。「わしはな、最高の棺《ひつぎ》を売った。酒に肉をどっさり、といこう。」

墓掘が言った。「わしは墓穴《はかあな》を掘っただけだが、倍料金をはずんでくれた。ハニーケーキも追加だ。」

こうして一晩中居酒屋は大忙《おおいそが》し。それは、この連中が何度も酒や肉やケーキのお代《かわ》りを注文したからだ。皆愉快に過ごした。

主人は揉手《もみで》をし、女房に笑顔《えがお》を向けていた。お客が大盤振舞《おおばんぶるまい》だったからだ。

連中が店を出た頃は、月は高く昇っていた。

連中は歌いさんざめきながら一緒に道《みち》を辿《たど》っていった。

主人と女房は戸口に立って見送っていた。「ああ」と女房が。「あのお方《かた》たち。何て気前がよくて陽気なんだろ。こんな結構なこと、毎日持ってきてくれればねえ！　そしたらうちの息子は、居酒屋の主人なんかにならずにすんで、苦労することもないし。息子に教育を受けさせて、坊さんにならせられるのにねえ。」

# 新しい快楽

先夜《せんや》、私は新しい快楽を見つけ、それを初めて味わっていた。すると天使と悪魔が、ひとりずつ我が家《わがや》に飛んできた。ふたりは家の戸の前で出遭《であ》い、私の新しい快楽について互《たが》いに論じ合った。ひとりが叫んだ。「それは罪悪だ！」――もうひとりも叫んだ。「それは美徳だ」と。

# 異《こと》なった言語

生まれて三日目、私は絹張《きぬば》りの揺《ゆ》りかごの中で、驚き恐れながら、私の周《まわ》りの世界を眺めていた。すると、母が乳母《うば》に尋ねて言った。「私の息子、どんな具合？」乳母は答えた。「お元気ですよ。日に三回お乳をお飲ませしております。こんなにお元気で快活なお子さん、今まで見たこともございません。」

私は腹《はら》をたて、叫んだ。「お母さん、嘘《うそ》ですよ。私の寝床《ねどこ》は堅《かた》く、私の吸っている乳は苦《にが》く、あの人の胸は腐った臭いがする。私はとっても惨《みじ》めなのです。」

しかし、母にはわからず、乳母にもわからなかった。というのも、私の話した言語は、私がやって来た世界のものだったからだ。

私が生まれて二十一日目、洗礼を受けることになって、司祭は母に言った。「奥さま、きっとお幸せなことでしょう。息子さんはキリスト信者としてお生まれになったのですから。」

私はびっくり仰天して、――司祭に向かって言った。「それじゃ、天国のあなたの母上は不幸《ふしあわ》せだったでしょうね。だってあなたは、キリスト信者として生まれたのではないから。」

しかし、司祭も私の言葉が理解出来なかった。

七ヶ月たったある日、易者《えきしゃ》が私を見て母に言った。「息子さんは政治家、それも偉大な指導者になられますよ。」

しかし私は叫んだ。――「その予言《よげん》は間違っている。私は音楽家になるんだ。音楽家にしかならないんだぞ。」

だが今度も、私の言葉は通じなかった。――それで私の驚きは大きかった。さて、三十と三年が経《た》って、母も乳母も司祭も亡くなり、（神の御恵《みめぐ》みの、彼らにあらんことを！）易者はまだ生きていた。それで、きのう私は神殿の門のそばで、彼に出遭《であ》った。で、話し合っているあいだに、彼が言った。「わしはずっと思っとった。あんたは偉大な音楽家になるとね。あんたがまだ幼いとき、わしはあんたを占《うらな》って、そう予言したもんじゃったよ。」

私は彼の言ったことを信じた。――というのも、今や私もあの世界の言語を忘れてしまっていたから。

# 石榴《ざくろ》

かつて、私は石榴の実《み》の中に住んでいた。私は、ひとつの種《たね》の言うのを聞いた。「何時《いつ》か僕は樹《き》になるんだ。そして風が僕の枝《えだ》の間《ま》で歌い、陽《ひ》の光は僕の葉《は》の間《ま》で踊《おど》り、僕は季節を通じて強く美しくなるんだ。」

すると、別の種がこう言い出した。「俺《おれ》もおまえのように若かった頃は、同じふうに考えたもんよ。だがな、今は物事《ものごと》をあれこれ推《お》し量《はか》るようになって、自分の望みなんぞ空《むな》しいもんだと悟ったよ。」

すると、三番目のが口を出した。「思うに、未来を確約するものなど、この世には存在しないね。」

四番目が言った。「でも、期待に満ちた未来無《な》しでは、生きていくことがつまらなくなるよ！」

五番目が、「何で、何時どうなるかなんてことで議論してるんだ。今どうなのかもわからんのに。」

すると六番目が応じた。「今の自分でいつづけるだけさ。」

七番目が言った。「物事がどうなるかはわかっているんだが、言葉ではうまく言えないな。」

すると八番目が――　九番目が――　十番目が、と、次から次に皆がしゃべりまくって、私は聞きわけることも出来なかった。

そこで私はその日のうちに、マルメロの実に引っ越した。そこは種が少なくて、とても静かだった。

# 檻《おり》と籠《かご》

私の父の家の庭園には、ひとつの檻、ひとつの鳥籠《とりかご》が置いてあった。檻にはライオン、父の使用人たちがニナヴァーの砂漠から運んできたもの。鳥籠には歌わない雀《すずめ》が入れられていた。

毎日、夜《よ》が明けると、雀がライオンに呼びかけて言った。「おはようさん。御《ご》同囚《どうしゅう》！」

# 三匹の蟻《あり》

三匹の蟻が、日向《ひなた》で寝そべって眠っている男の鼻の上で出遭《であ》った。互いに、それぞれの部族のしきたりで挨拶《あいさつ》を済《す》ますと、立ち話をし始めた。

一匹目が言った。「この丘陵と平野は、私の知る限り一番殺伐《さつばつ》たるものです。ここで一日中、何か実《み》のあるものを探しましたが、何もありませんでした。」

二匹目が言う。「私もです。岩陰《いわかげ》、岩間《いわま》を隈無《くまな》く探してみましたが、何《なん》にも。これは思うに、私たちの部族で『柔《やわらか》い動く土地』と呼んでいる、何も生《は》えない所でしょう。」

すると三匹目が頭をあげて言った。「諸君、我々は今、最高の蟻の鼻の上に立っているのである。力ある無限の蟻の鼻の上に。その体《からだ》は、我々が見ることも出来ぬほど大きく、その影《かげ》は探《さぐ》りおおせぬほど広く、その声は聞くことも出来ぬほど高い。まさにそれは遍在《へんざい》なのだ。」

三匹目の蟻がそう話したとき、他の二匹は顔を見合わせると笑い出した。

その瞬間、男は体を動かして、眠ったまま手を持ちあげて鼻を掻《か》いた。すると三匹の蟻は押しつぶされてしまった。

# 墓掘り人

あるとき私が、私の死んだ分身《ぶんしん》のひとつを葬《ほうむ》っていた。墓掘り人がやって来て言った。「葬りに来る連中の中で、あたしは、あんただけが好きだよ。」

私は言った。「世辞《せじ》がうまいね。でも、どうしてかね？」

「どうしてかって？」彼は言った。「連中は泣きながら来て、泣きながら帰って行く。あんたは違う。笑いながら来て、笑いながら帰って行く。」

# 神殿の階段で

きのう、神殿の大理石の階段で、ひとりの女が、ふたりの男のあいだに座《すわ》っているのを見た。女の顔の片面は青ざめており、片面は赤らんでいた。

# 祝福された都《みやこ》

若い頃、私は聞いたことがあった。ある都では、各人が聖書に従って生きている、と。

そこで私は言った。「その都を見たい、その祝福の状態を見たい」と。そこは遠かった。私は長旅《ながたび》のために大準備をしたのだった。四十日かかって私はやっと都を目にし、次の日、その中へ入《はい》った。

なんと、そこの住民はことごとく片目、片手でしかなかった。私は大いに驚き、つぶやいて言った。「この、かくも聖なる都の人々が片目片手とは？」

それから私は、住民たちの方《ほう》も驚き怪しむのを見た。私が両目両手だったからだ。皆がささやき合っているので、私は近づいて行き、尋ねて言った。「こちらは、本当にあの祝福された都で、住民は皆、聖書に従って生活しておられるのですか?」すると彼らは言った。「左様《さよう》、こちらがその都です。」私は言った。「では、いったい何が皆さんの上に起こったのです? 皆さんの右の目、右の手は、いったい何処《どこ》に行ったのですか?」

一同の中に、ざわめきが起こった。そして言うには、「来て御覧なさい。」彼らは私を、都の中心にある神殿に連れて行った。神殿で見たものは、手と目玉の堆積《たいせき》だった。どれもこれも腐《くさ》れていた。そこで私は言った。「ひどい! いったい、どんな征服者が、こんな残酷なことを皆さんにしたのですか?」

するとと人々の中から、つぶやき声が聞こえてきた。長老らしき者が前に進み出て言った。「私たちが自分でしたことです。神様が私たちに、内なる悪を征服させて下さったのです。」

そして私を祭壇へと導き入れた。人々もついて入った。彼は私に、祭壇に刻《きざ》まれた文字を示した。そこには、こう記《しる》されていた。

「もし汝《なんじ》の目、汝を躓《つまず》かさば、これをくじりて捨てよ。そは、汝にとりて五体のひとつの滅《ほろ》ぶるは、全身を地獄に投げ入れらるるに優《まさ》ればなり。もし汝の右の手、汝を躓かさば、これを切りて捨てよ。そは汝にとりて五体のひとつの滅ぶるは、全身の地獄に行くに優ればなり。」

そこで私は了解した。私は御一同に向かって叫んだ。「あなたがたの中には、両目、両手の男や女はいないのですか？」

皆が答えて言った。「いません。ひとりも。年端《としは》のいかない者たちは別として。彼らは、聖書が読めませんし、戒律《おきて》を理解することも出来ませんから。」

さて、皆が神殿から外へ出たとき、私は祝福された都をいち早く後《あと》にした。というのも、私は、もう幼《おさな》くはなく、聖書を読むことが出来たからだ。

# 善神《ぜんしん》と悪神《あくしん》

善神と悪神が山の頂《いただき》で出遭《であ》った。

善神が言った。「こんにちは、兄弟。」

悪神は返事をしない。

そこで善神が言った。「きょうは機嫌が悪いね。」

「そうさ」と悪神。「近頃《ちかごろ》、よくあんたと間違えられてさ、あんたの名で呼ばれ、あんたのように扱われるんでね。それが気に食わんのさ。」

善神は言った。「でもね、私だって君《きみ》と間違われ、君の名で呼ばれることがある。」

悪神は、人間どもの愚《おろ》かさを呪《のろ》いながら歩き去った。

## 挫折《ざせつ》

挫折、我《わ》が挫折よ、我が孤独、我が寂寥《せきりよう》よ。
おまえは私にとって、数知《かずし》れぬ勝利よりも親しいもの。
また、おまえは、私の心にとって、世のすべての栄光に勝《まさ》って甘美。

挫折、我が挫折よ、我が自覚、我が争《あらそ》いよ。
おまえゆえに私は、未《いま》だに若く、歩むにも速く、萎《しぼ》める栄冠に飾られることもない。
また、おまえのうちに私は、孤独を見出《みいだ》す。人に蔑《さげす》まれ避けられることの喜びをも。

挫折、我が挫折よ、我が輝く剣《つるぎ》、輝く盾《たて》よ。

おまえの目によって私は悟った。王座につくことは隷属《れいぞく》、理解されるのは、その者への低落《ていらく》、会得《えとく》されるのは、その者の充足への加担、果実が熟して落ち、食べられるようなものだ。

挫折、我が挫折よ、我が強力な伴侶よ。おまえは私の歌と叫びを聞き、私の沈黙に耳を傾ける。そして他の誰でもなく、おまえが私に語るのは、羽《は》ばたきの音、海鳴《うみな》りの響《ひび》き、そしてまた、夜《よ》の間《ま》に火を吐《は》く山々のこと。おまえだけが私の魂の、険しい岩壁をよじのぼる。

挫折、我が挫折、我が、死を知らぬ勇気よ。おまえと私は、嵐のただ中で一緒に笑うのだ。そして、ふたりの中の、滅び行くすべてのものに墓穴を掘り、共に陽光《ひ》を浴《あ》びて危険に身をさらすのだ。

# 夜《よる》と狂《くる》い者《もの》

おお、夜よ、我《われ》は汝《なんじ》に似て裸《はだか》。我は歩む、我《わ》が白日《はくじつ》の夢の上を、炎《ほのお》の道を。
我が足が地に触れんとすれば、樫の巨木はそれをさえぎる。

否《いな》、狂い者よ、おまえは私に似てなどいない。
おまえは何時《いつ》も振り返っては砂浜《すなはま》に残してきた足跡《あしあと》を見ている。

おお、夜よ、我は汝に似て、静謐《せいひつ》にして濃密《のうみつ》。我が孤独なる心には、女神の産屋《うぶや》あり。そこに産《う》まるる者は、天上の楽園にも、地獄の底にも触《ふ》る。

否、狂い者よ、おまえは私に似てなどいない。
おまえは苦痛を前にして身震《みぶる》いし、深淵の歌声に恐れ戦《おのの》く。

おお、夜よ、我は汝に似て荒々しく粗暴。
我が耳に届《とど》くは、勝利せる民《たみ》らの叫び、忘れ去られし国々の嘆《なげ》き。

否、狂い者よ、おまえは私に似てなどいない。
おまえは己《おの》が細《ささ》やかな「自我」を伴侶としつづけ、真の大いなる「自己」を友と為《な》し得ずにいる。

おお夜よ、我は汝に似て慈悲に欠け惨虐《ざんぎやく》。我が胸は、海上に燃ゆる船の火に照らされ、我が唇《くちびる》は、討《う》たれし戦士《せんし》らの血に濡《ぬ》れたり。

否、狂い者よ、おまえは私に似てなどいない。おまえは姉妹たる精神を、未《いま》だに求めてやまず、自《みずか》らを律する掟《おきて》にたり得ずにいる。

おお夜よ、我は汝に似て歓喜し享楽《きようらく》す。我が影に宿る男は新酒に酔い、我に従う女は悦楽に身を滅《ほろ》ぼす。

否、狂い者よ、おまえは私に似てなどいない。おまえの魂は七重《ななえ》の襞《ベール》に包まれ、
自らの心を己が手で抱《いだ》いていない。

おお夜よ、我は汝に似て耐《た》うるに強く、情熱に燃ゆ。我が胸には数知れぬ逝《ゆ》ける
恋人らが、腐れし口づけに包まれて葬《ほうむ》らる。

言うか、狂い者よ、おまえは私に似ていると？　この私に？　では、嵐《あらし》を軍馬
として乗りこなし、稲妻を剣《けん》として摑《つか》みとれるか？

おお夜よ、汝の如くに、汝に似て、我は力《ちから》と気品に満ち、我が王座は堕神《だしん》らの堆積《たいせき》の上にあり。我が前を過ぎ行く日々は、我が衣《ころも》の裾《すそ》に口づけす。されど我が面《おもて》を見つめる者無《な》し。

私に似ていると言うのか。私の暗黒の心の子よ。私の、何人《なんぴと》にも冒《おか》されぬ思想を知り、私の果《はて》知らぬ言語を語ると言うのか。

然《しか》り、夜よ、我らは双生《ふたご》の兄弟。汝は宇宙の神秘を顕《あらわ》し、我は我が魂《たましい》の神秘を顕す。

# 顔、顔、顔

私は、様々《さまざま》な表情の顔を見てきた。鋳型《いがた》にはめたような無表情な顔もあった。

表面は輝いていても、裏《うら》の醜《みにく》さが見えかくれする顔。どんなに美しいかは、表《おもて》を捲《めく》ってみなければわからぬ顔。

老いてしわの溢《あふ》れた、しかし内には何も無《な》いと言う顔。しわひとつ無く、しかし多くのものが彫り込まれた顔。

私が本当の顔を見るのは、この自分の目で織った被《おお》いを透《す》かして、その下に潜《ひそ》むものを見るときなのだ。

# もっと広いはずの海

私の魂と私は連れだって、広い海へと水浴《みずあ》びに出かけた。岸辺《きしべ》に着いたとき、何処《どこ》か隠れた静かな場所はないかと、見つけに行った。

歩いていると、灰色の岩の上に座《すわ》っている男がいた。男は、塩を袋からつまみ出しては、海に投げ込んでいた。

私の魂は言った。「あの人は悲観論者《ペシミスト》。別の所へ行きましょう。ここでは水浴びは出来ません。」

歩いて行くと、とある入江に着いた。見ると、そこには男が白い岩の上に立ち、宝石で飾られた箱を持って、そこから砂糖をとっては、海に投げ込んでいた。

私の魂が言った。「あの人は楽観論者《オプティミスト》。この人にも、私たちの裸《はだか》を見せるわけにはいきません。」

さらに遠くへと足を運ぶ。すると岸辺に男がいて、死んだ魚をつかまえては、優しく水へ戻してやっていた。

私の魂が言う。「あれは、よくいる博愛主義者《フィランソロピスト》。あの人の前では水浴び出来ません。」

そこで先へ進んだ。

やがて男がひとり、砂の上の自分の影《かげ》を追っている所に来た。波が打ち寄せては、その影を消す。でも、彼は、次々と影を追っていた。

「あの人は神秘主義者《ミスティック》。向こうへ行きましょう。」と私の魂は言った。

さらに歩いて行くと、静かな入り江に着いて、ひとりの男が泡をすくっては雪花石膏《アラバスター》の壷に入れていた。

「あれは空想家《アイディアリスト》」と私の魂。「あの人に私たちの裸を見せてはいけない。」

また歩いて行った。突然、叫び声が聞こえた。「これこそ海だ。これこそ深い海だ。これこそ広大な海だ。」声の主《ぬし》に近づくと、男が海に背を向け、耳に貝殻《かいがら》をあてて、そのささやきを聴《き》こうとしているところだった。

私の魂は言った。「向こうへ行きましょう。あれは現実主義者《リアリスト》。全体を摑《つか》めず、切《き》れっ端《ぱし》に気をとられて忙しい。」

で、なおも行くと、岩間の草地に、砂に頭を突っこんでいる男が見えた。私は私の魂に言った。「ここなら水浴び出来るよ。あの男には私たちが見えないんだから。」

「いいえ。」私の魂が言った。

「あの男は、これまでの連中の中で最悪。禁欲主義者《ピューリタン》。」

それで大きな悲しみが私の魂を襲い、それが言葉となって口から出た。「私たちが隠れて泳げる所は何処にもありません。私は、この金髪をここの風になでさせたくない。この白い胸をここの空気に触れさせたくない。この聖なる裸体を、ここで光にさらしたくない。」

そこで私たちは、その場を去って、海はまだもっと広いはず、と私たちに相応《ふさわ》しい場所を探したのだった。

# 十字架刑《はりつけ》

私は人々に向って叫んだ。「私を磔《はりつけ》にしてくれ！」

人々は言った。「何でおまえの血が私たちにかかるようなことを？」

で、私は答えた。「あなたたちの地位が上げられるには、この狂人を磔にするしかないでしょう。」

すると彼らはその気になり、私を磔にした。磔は私を納得させた。

私が天地の間《かん》に架《か》かっていたとき、人々は私を見るために頭を上げた。こうして彼らの地位は上げられた。それまで、彼らは頭を上げることはなかったからだ。

しかし、彼らが立って私を見上げていると、そのひとりが叫んで言った。「おまえは何故《なにゆえ》に償《つぐな》いをしようと望むのか？」

別のひとりが叫んだ。「何の為におまえは自らを犠牲《いけにえ》にするのか？」

三人目が言った。「こうやって世の名声を得ようと言うのか？」

四人目が言った。「見てみろ、あやつ微笑《わら》ってやがる。この程度の苦しみ、どうってことない、とでも言うのか？」

私は彼らに答えて言った。

「私が微笑っていたことを覚えていて下さい。私は、償っているのでも、犠牲になっているのでも、世の栄光を求めているのでもない。私には、これで良いなどということは無《な》いのです。私は渇《かわ》いていた。――それで、私に私の血を飲ませてくれるよう願った。だって狂人の渇《かわ》きをいやすのは、彼自身の血によるしかないでしょう？　私は口がきけなかった。――それで私の口を傷つけるように願った。私は皆さんの日々夜々のうちに閉じこめられていた。それで、もっと広い日々夜々への扉を探していたのです。

今　私は行きます。――他の、既に磔になった者たちが行ったように。我々が磔に疲れたと思わないで下さい。何故《なぜ》なら、もっと多くの人々に、磔られねばならぬのです。更《さら》に、より多くの天と地の間に。」

# 天文学者

神殿の陰で、私と友人は、目の見えない男の人が、ひとり座《すわ》っているのを見た。友は言った。「見たまえ。この国で一番の賢人だよ。」

そこで私は友から離れて、盲人に近づき挨拶《あいさつ》した。そして、ふたりで話をした。しばらくして私は言った。「お尋ねするのをお許し下さい。何時《いつ》から目がお見えにならないのですか？」

「生まれたときから」と彼は答えた。

私は言った。「どのように知恵の道を歩んでこられたのですか？」

彼は言った。「私は天文学者なのです。」

それから彼は手を胸に当てて言った。「私は、この数々の、太陽、月、星を観察しているのです。」

# 大いなる憧憬《あこがれ》

私はここで、兄弟なる山と姉妹なる海とのあいだに座《すわ》っている。

私たち三人は孤独の中でひとつ、私たちを結び合わせる愛は深く強く、また不可思議だ。いや、それは私の姉妹の深さより深く、兄弟の強さより強く、私の狂気の不可思議さより不可思議なのだ。

私たちが相互に見わけられるようになった彼《あ》の夜明け、彼の、初めの霧に包まれた夜明けのときから、幾世代もが過ぎた。その間、私たちは多くの世界の誕生と成熟と死を見てきた。だが私たちは、ひたすら燃えて若かった。

私たちは若く燃えていたが、互いに伴侶もなく訪れる者もなかった。私たちは離れることなく、半《なか》ば抱《いだ》き合って眠ってはいたが、心は満たされていなかった。欲求が抑えられ、熱情が燃え尽きないでいては、どのような楽しみがあるだろうか。いったい何時《いつ》、我《わ》が姉妹の寝床を暖める火の神は訪れるのか。我が兄弟の燃える火を静める奔流の女神は、如何《いか》なる者なのか。そして私のこの心を満たす女性はいったい何処《どこ》の誰なのか。

夜の静寂の中で、我が姉妹は眠りつつ、その未《いま》だ知らざる火神の名をつぶやき、我が兄弟は、冷やかにして遥《はる》かなる女神に、遠くから呼びかける。しかしこの私は、眠りの中で誰に呼びかけるべきかを知らない。

私はここで、兄弟なる山と姉妹なる海とのあいだに座っている。

私たち三人は、孤独の中でひとつ、私たちを結び合わせる愛は深く強く、また不可思議なのだ。

# 草《くさ》っ葉《ぱ》が言った

一枚の草っ葉が、秋の落ち葉に向かって言った。「おまえが散るとき、騒々しい音を立てるんで、俺《おれ》の冬の眠りの邪魔になるんだよ。」

木《こ》の葉《は》は腹を立てて言った。「生まれも育ちも悪い、詩心《うたごころ》の無《な》い、ごてつき者!高い所で生きたこともないおまえなどには、詩の響きがわからぬのだ。」

その後、秋の木の葉は、地に落ちて横たわり、眠りについた。そして春が来て、木の葉は目を覚ました。——木の葉は草っ葉になっていた。

やがて秋が来て、この草っ葉になっていた木の葉は、冬の眠りにつこうとしていた。そこに、木の葉が散り注いだ。その草っ葉は、ぶつぶつ独言《ひとりごと》を言った。

「この落ち葉たちったら！　何て騒々しい音を立てるんだ。俺の冬の眠りの邪魔になるじゃないか。」

# 眼《め》

　ある日、眼が言った。「私には、この谷の向こうに、青い霧に包まれた山が見える。美しいとは思わないかね？」

　耳が聞いて言うには、「何処《どこ》に山があるってんだ？　さっぱり聞こえてこないが。」

　すると手が口を開いて言った。「その山とやらに触《さわ》ろうとしてるんだが、見つからないねぇ。」

　さらに鼻が言った。「山は無《な》い。私には匂ってこない。」

　そこで眼は、そこを離れて他所《よそ》へ向かった。残った連中は一斉に、眼の妄想について論じ始めた。そして次のように結論を下《くだ》した。「きっと眼に何か起こったに違いない」と。

# ふたりの学者

昔、アフカルの古代都市に、ふたりの学者がいて、憎しみ合い、互いに相手の学識について言い争っていた。ひとりは神々の存在を否定し、もうひとりの方《ほう》は信じていた。

ある日、ふたりは、町の広場で出遭《であ》い、互いの弟子らに囲まれて議論を始め、神々が存在するか否かを論じ出した。長い論争の果て、ふたりは別れた。

その晩、神々を信じない方は神殿に行き、祭壇の前にひれ伏し、自分の片意地であったことの赦《ゆる》しを神々に願った。

同じ頃、神々を崇《あが》めていたもう一方の学者は、その聖なる書物を焼きはらった。

彼は不信仰者になっていたからである。

# 私の悲しみが生まれたとき

私の悲しみが生まれたとき、私はそれを心をこめて育て、慈愛をもって見守ったのだった。

私の悲しみは、生あるすべてのものと同様、強く、美しく、喜びに満ち溢《あふ》れて育っていった。

私たち、私の悲しみと私は、互いに愛し合い、周《まわ》りの世界を愛した。というのも、悲しみは優しい心を持ち、私も私の悲しみに優しかったからだ。

私たち、私の悲しみと私が、ふたりで話し合っていると、私たちの日々は羽《は》ばたき、夜々は夢に包まれた。というのも、悲しみは能弁であったし、私もまた、悲しみと一緒のとき能弁であったからだ。

私たち、私の悲しみと私が、一緒に歌っていると、隣人たちは窓辺に座《すわ》り耳を傾けた。私たちの歌は海のように深く、私たちのメロディーは遠い記憶を呼び覚ますものだったから。

そして私たち、私の悲しみと私が、一緒に歩いていると、人々は私たちを優しい目で見つめ、甘さの溢《あふ》れることばをかわし合った。そこには羨《うらや》みの眼差《まなざ》しで私たちを見つめる者たちもいた。悲しみは気高いものだったし、私も悲しみを誇りにしていたからだ。

しかし、私の悲しみは、生けるすべてのものと同様に死んでしまった。

そして私は、ひとり黙《もく》して思いに沈んでいた。

そして今は、私が語るとその言葉は、私の耳に重くのしかかった。

そして私が私の歌をうたっても、隣人たちは聴きに来はしなかった。

私が道《みち》を歩いても、誰も私を見てくれはしなかった。

私はただ、深い所から聞こえてくる憐《あわ》れみの声を聴いていた。「御覧《ごらん》、あそこに座っている男の悲しみは、死んでしまったのだよ」と。

# そして、私の喜びが生まれたとき

そして、私の喜びが生まれたとき、私は喜びを腕に抱き、屋上に立って叫んだ。「御近所の皆さん、おいでになって御覧下さい。きょう私に喜びが生まれました。いらして、陽《ひ》の光の中で笑って楽しげにしている、この児《こ》を見てやって下さい。」

しかし隣人は、誰も私の喜びを見に来てくれなかった。で、私の驚きは大きかった。

そして七ヶ月のあいだ、毎日、私は屋上から私の喜びを告げ知らせたが、相変《あいか》わらず注意を払う者は、ひとりもいなかった。そこで、私の喜びと私は、探されも訪れられもせず、淋しい思いをしたのだった。

それで私の喜びは、青白く弱々しく育った。それは、私の心のほかに彼の愛を包む心は無《な》く、彼の唇《くちびる》に口づけする如何《いか》なる唇もなかったからだ。

私の喜びは、孤独さゆえに死んでしまった。

そして今、私は、私の死んだ喜びを、私の死んだ悲しみの思い出と重ね合わせつつ思い遣《おこ》す。しかし、思い出は一枚の秋の木の葉のようだ。ほんのいっとき風の中でつぶやくと思えば、やがて、それも、聞こえなくなる。

# 完璧なる世界

さまよえる魂たちの神よ、神々のうちの、さまよえる神よ、聴いて下さい。

我ら、狂って渡り歩く霊たちを見守る、優しき運命神よ、聴いて下さい。

私は、完璧な種族のただ中に、最も不完全な者として住んでいます。

私、この人間臭い混沌《こんとん》、この入り乱れた元素の霧は、出来上がった世界のあいだで、完成した掟《おきて》と完全な秩序に生きる人々のまったただ中で動いています。彼らの思想は築き上げられ、その夢は整合され、その理想は記録され、普《あまね》く人に知られています。

ああ神よ、彼らの善徳と悪徳はそれぞれ計量され、数え切れぬ事物が、善徳と悪徳のあいだの薄闇の中に分類され格付けされています。

ここでは、日々夜々を如何《いか》に過ごすべきかが、季節ごとに分別《ぶんべつ》され、比類無《な》き正確な方式によって治《おさ》められています。

食べること、飲むこと、眠ること、裸を被《おお》うこと、それに、疲れるべくして疲れること。

働くこと、遊ぶこと、歌うこと、踊《おど》ること、それに時が告げれば静かに寝《やす》むこと。

こうも考え、ああも感じ、そして定《き》まった星が地平に昇れば、考えること感じることを止めるのです。

微笑《ほほえ》みながら隣人から奪うかと思えば、恵み深い手つきで贈物《おくりもの》をし、賢明に賞

め讃えるかと思えば、注意深く非難し、言葉で魂を破壊し、息で身体を焼殺《しょうさつ》する、
そしてその日の仕事を終えたら、その手を洗う。
公序に即して愛し、良俗の許す限りの自己愛を楽しみ、相応《ふさわ》しく神々を敬い、
適度に悪魔たちに興味を注ぎ、――やがて記憶が死んだかのように、すべてを忘れ去る。
折《おり》があれば思索し、熟考しては瞑想し、甘美に悦楽し、高貴に苦悩し、――
そして明日《あす》また満たされるべく器を空《から》にする。
これらすべては、ああ神よ、熟慮のもとに孕《はら》まされ、定《き》まった運命の元に生み出され、確実さをもって育てられ、規律をもって治められ、理性によって導かれ、

予定された方法で殺され葬られる。そして、人の心の中の、それらが横たわる静寂な墓にさえ、記号、番号が付けられる。

これが完璧で卓越した完全な世界、これが最高の驚きの世界、神の庭の成熟した果実、この世の理想郷、というわけです。

でも、神よ、何故《なぜ》私はここにいなければならぬのですか。満たされぬ情熱の青い実《み》の私、西も東も弁《わきま》えぬ狂える嵐、燃え尽きた惑星のさまよえる一断片《ひとかけら》の、この私が？

何故私はここにいるのでしょうか、ああ、さまよえる魂たちの神、神々のうちの、さまよえる神よ。

## <訳者紹介>


### 佐久間　彪（さくま　たけし）

1928年　東京に生まれる。
1951年　上智大学大学院哲学研究科卒業。
1955年　フランクフルト・ザンクト・ゲオルゲン大学神学部卒業。
1956年　アーヘン教区立神学院卒業。カトリック司祭に叙階。
現在　カトリック東京教区司祭。
　　　白百合女子大学名誉教授

カリール・ジブラン著 "*The Prophet*"「預言者」の翻訳、宗教関係の著作・訳書のほか、聖歌やこどもの歌の作詩・作曲、さらに絵本の詩や文も数多く書いている。
「ちいさな もみのき」、「おはなし しよう 神さまと — わたしの詩編」、「絵でみるこどもとおとなのはじめての聖書 — 新約編・旧約編」など。（至光社刊）

狂い者 ― THE MADMAN ―

二〇〇八年 十月一日 第一刷

著者 カリール・ジブラン
訳者 佐久間 彪
発行者 武市八十雄
発行所 有限会社 至光社
〒150-0012 東京都渋谷区広尾二―一〇―一二
電話〇三―三四〇〇―七一五一
印刷所 凸版印刷株式会社



ISBN 978-4-7834-0302-9 C0016